SARAÍ

EN PRIMER PLANO

SARAÍ GONZÁLEZ
Y
MONICA BROWN

SCHOLASTIC INC.

Originally published in English as *Sarai in the Spotlight*

Translated by Joaquín Badajoz

ISBN 978-1-338-33056-4

10 9 8 7 6 5 4 3 2 1   18 19 20 21 22

Printed in the U.S.A.   40
First Spanish printing 2018

Book design by Carolyn Bull

¡Para Samantha,
mi genial mejor amiga!
—SG

Para Maya Isabel, que es hermosa y fuerte
—MB

ÍNDICE

INTRODUCCIÓN

YO, SARAÍ

Yo, Saraí, me siento feliz. Qué digo feliz. ¡Me siento genial! El sol se cuela por la ventana. Salgo del calorcito de mi cama para comenzar el día. Me gusta ser la primera en despertarme. Mis papás y mis hermanitas, Josie y Lucía, todavía están durmiendo. Hoy va a ser un día fenomenal.

Estoy impaciente por llegar a la escuela para contarle mis aventuras a mi mejor amiga, Isa López. Isa se fue de viaje con su familia y hace más de una semana que no la veo. Algo raro,

porque todavía no estamos de vacaciones. No he podido darle la gran noticia, que es que mis abuelos, Tata y Mamá Rosi, se compraron una casa a unas cuadras de la mía. ¡Y, la mejor parte, que la compraron con mis tíos y primos! ¡Ahora mi tía Sofía, mi tío Miguel y mis primos, Juju, Javier y Jade, a los que llamamos "los jotas", viven tan cerca que puedo visitarlos más a menudo!

Pensé que Juju iría a mi misma escuela pública, pero sus padres la enviarán a una escuela católica. Aunque no importa: lo principal es que estamos cerca. Quiero que mi súper mejor prima Juju conozca a mi súper mejor amiga Isa.

Isa tiene un negocio igual que yo. El mío se llama Dulces de Saraí, y vendo magdalenas. El de ella se llama La Cocina de Isa, y vende comida mexicana con su mamá. Las dos se llaman Isa. Venden tamales y enchiladas en la iglesia durante las vacaciones y algunos domingos, y nosotros siempre les compramos. Cuando Isa y yo seamos grandes, vamos a tener un negocio juntas. Estoy segura de que Isa regresará a la escuela hoy, porque es lunes y la gente siempre regresa los lunes después de las vacaciones. Hoy va a ser un día GENIAL.

CAPÍTULO I

EL CONEJO DESPERTADOR

Salgo de mi cuarto intentando no hacer ruido. Me gusta ser la primera en levantarme. Agarro mi conejito de peluche y atravieso el pasillo hacia la habitación de mis hermanas. Me arrodillo y me acerco hasta la cama de Lucía y sostengo al conejo sobre mi cabeza, cerca del oído de mi hermana.

—Luuuuuuuuuuuuuucía —digo, como si fuera un conejo—, el conejo despertador dice que es hora de ¡LEVANTARSE!

Luego le hago cosquillas a mi hermana. Lucía pega un salto y se sube a la cama de Josie.

Les hago cosquillas a mis hermanitas hasta que logro despertarlas. Hacemos tanto ruido, que sé que mis papás también deben haberse despertado.

—¡Eres tan tonta, Saraí! —dice mi hermana Josie en lenguaje de señas.

Josie es sorda. Le acaban de poner unos implantes especiales que la ayudan a escuchar los sonidos. Habla usando señas y palabras. Lucía y Josie comienzan a saltar de una cama a la otra. No trato de detenerlas, porque Lucía me diría que quién soy yo para mandarlas y saltaría aún más alto.

Voy a mi cuarto a vestirme. Me siento llena de energía, así que me pongo mis *jeans* favoritos y una camiseta rosada que dice "¡Chicas al poder!" en letras brillantes. Anudo los cordones de mis tenis rosados y saco la chaqueta morada para ponérmela después.

—¡Vengan, chicas! —dice mi papá, asomando la cabeza en cada habitación—. ¡Hay pizza y helado para el desayuno!

—¿Qué? —digo, y salgo corriendo de mi cuarto.

—¡Estaba bromeando! —responde mi papá, que piensa que es muy gracioso.

Hay tostadas en la mesa y mi mamá está friendo huevos. Creo que va a ser una buena semana.

Mi papá y Josie salen más temprano porque el viaje hasta la escuela de mi hermana es largo. Josie va a una escuela para niños sordos y con discapacidad auditiva. Hay mucho tráfico en el viaje de ida y vuelta, pero vale la pena; dice mi papá que Josie merece la mejor educación del mundo. Los profesores de esa escuela hablan en lenguaje de señas. Lucía y yo vamos a la escuela primaria Martin Luther King Jr., que es la escuela pública más cercana. Martin Luther King fue un héroe que luchó por la igualdad de derechos para todos.

Mis papás dicen que deberíamos ser como

el Dr. King y defender la justicia. Al fin y al cabo, somos los cinco González: mi papá, mi mamá, Josie, Lucía y yo.

—Niñas, quiero que sepan defenderse —nos dice siempre mi mamá, y yo estoy de acuerdo.

Justo cuando ella se va para su trabajo en el hospital, Lucía y yo salimos hacia la parada del autobús escolar, que está a una cuadra.

—¡Que tengan un buen día! —dice mi mamá.

—¡Tú también! —respondo.

En cuanto llegamos a la parada, los niños comienzan a hablar con Lucía: "¡Hola!", la saludan; "¿Cómo estás?", dice uno; "¿Te sentarás conmigo en el autobús?", pregunta otro.

Lucía es muy popular y tiene muchos amigos. Como yo no tengo tantos, me gusta que siempre quiera sentarse a mi lado.

Lucía tiene una gran imaginación. Otra cosa que también tiene es un poco de mal genio. Un año, por ejemplo, no pudimos comprar un arbolito de Navidad de verdad. Compramos uno de plástico porque nuestro apartamento era muy pequeño. Lucía se enojó tanto que decidió dibujar un árbol gigante en la pared. Le puso su firma, Lucía G., y ASÍ Y TODO dijo que lo había pintado Josie. Cuando alguien le pide a Lucía que haga algo que ella no quiere, responde: "¡Tienes que estar bromeando!", aunque no sea un chiste.

Cuando llegamos a la escuela, Lucía va al salón de primer grado y yo al de cuarto. Josie está en segundo grado.

Todavía no he terminado de acomodar las cosas en mi escritorio cuando escucho la voz de la Sra. Moro.

—Saraí, ven un minuto —me llama mi maestra—. Quiero decirte algo.

Suena seria y eso me pone un poco nerviosa, aunque sé que no he hecho nada malo.

—Saraí —dice la Sra. Moro—, te tengo una mala noticia. Isa López no terminará el curso en nuestra escuela.

—¿Qué? —digo—. Imposible. Ella es mi súper mejor amiga y me lo habría dicho. ¿Le ha pasado algo?

—No, está bien —responde la Sra. Moro—. Sé que no te lo esperabas, pero tengo una carta de Isa para ti. A su papá lo transfirieron en el trabajo. Todo sucedió de repente y ella no pudo despedirse de sus amigos.

La Sra. Moro me sonríe.

—Sé que es una mala noticia, pero eres una chica genial y podrás hacer nuevos amigos —dice—. De hecho, acaba de matricularse una nueva estudiante que comenzará mañana.

"No me importan los estudiantes nuevos ni los nuevos amigos", pienso.

Quiero a Isa. Para ser sincera, algunas de las chicas de mi clase son antipáticas, y hasta ahora Isa y yo nos cuidábamos la una a la otra. Isa y yo tenemos mucho en común. Nos gustan el color

rosado y los brillos, cantar, bailar, actuar y cocinar.
Agarro el sobre que me da la maestra y regreso a
mi escritorio. Saco la carta y leo.

Querida Sarai:

No puedo creer que me voy a mudar. En realidad, cuando leas
esto, ya me habré mudado. Mi papá consiguió trabajo en
Washington, D.C., y como no podemos pagar dos alquileres tuvimos
que mudarnos. Ya te estoy extrañando. Ahora tengo que ir a una
escuela nueva donde no conozco a nadie. Espero que todos sean
amables, pero aunque lo sean, nunca será igual porque TÚ no
estarás. Lo único bueno es que podremos cartearnos. Y quizás
hasta puedas visitarme en Washington, D.C. algún día. Te va a
encantar, porque hay muchos monumentos. Dicen mis padres que
hasta hay uno de Martin Luther King Jr.

De tu súper mejor amiga (a larga distancia),

Isa

P.D. Mi nueva dirección está en la parte de atrás del sobre.
Contéstame pronto y cuéntame todo.

"Ay, no", pienso. ¿Ahora qué voy a hacer?

CAPÍTULO 2

PROBLEMAS EN LA CAFETERÍA

Cuando entro en la cafetería veo que hay varios puestos desocupados en mi mesa de siempre. Me refiero a la mesa en la que Isa y yo nos sentábamos. Dejo mi mochila en una de las sillas y voy a buscar el almuerzo. Lucía me está esperando en la fila. Tengo una tarjeta para pagar el almuerzo de las dos. Lucía solía tener una, pero se la pasaba comprándole comida a chicos que ella creía que no tenían suficiente y se le acababa el dinero en dos días. Ahora yo pago el almuerzo de ambas.

—¿Cómo te va? —pregunto.

—¡Bien! —responde.

—¡Qué bueno! —digo.

Me gusta el almuerzo de la escuela porque el menú es interesante. Interesante puede ser bueno o malo, pero hoy es bueno. Nunca tan bueno como la comida peruana que hacen mi mamá y mi abuela Mamá Rosi. Mi otra abuela, Mamá Chila, también nos prepara platos costarricenses deliciosos; pero ella y abuelo Papi viven más lejos, así que no los

vemos tan a menudo como a mis abuelos maternos. Mi papá nació en Costa Rica y mi mamá en Perú, pero ahora viven aquí en los Estados Unidos, donde nacimos mis hermanas y yo. Por eso mi mamá dice que somos ciudadanos del mundo.

Hoy hay pollo frito, leche y ensalada de frutas, que es como más me gusta comer las frutas. Por supuesto, la ensalada no se parece a la de mi mamá. Ella mezcla todo tipo de frutas y luego les espolvorea canela. Aun así, me gustan las cerezas rojas de la ensalada de la cafetería. Saben a caramelo. Lucía se va a comer con sus amigos.

—Después del almuerzo, juguemos *kickball* —les dice.

"Esa es mi hermana", pienso, sonriendo. A Lucía le encanta competir y es muy fuerte. ¡Ya está casi de mi tamaño!

Me siento de buen humor, pero cuando llego a mi mesa, se me borra la sonrisa. Alguien movió mi mochila. Otra vez. Ha pasado varias veces desde que Isa se fue. Antes eso no me importaba porque sabía que cuando Isa regresara lo resolvería. Si estuviera aquí, buscaría mi mochila y la pondría en su lugar... ¡y cuidado con quien intentara detenerla! Pero ahora que sé que no va a regresar tengo que decidir qué hacer yo sola.

—¿Quién movió mis cosas? —pregunto a las chicas de la mesa.

Nadie responde, pero estoy casi segura de que fue Valeria, que me ha estado molestando desde segundo grado. Un día en que me sentía súper genial, le pedí a mi mamá que me hiciera unas trenzas en un lado de la cabeza y un moño en el otro. Me puse mis cintas más coloridas y me veía espectacular. Pero cuando llegué a la escuela, Valeria se me acercó y me dijo: "¡Saraí, pareces una extraterrestre!". Y luego soltó una carcajada.

—Saraí se ve genial —dijo Isa para defenderme.

—¿Y a quién le importa lo que tú piensas? —le dije a Valeria—. Es mi pelo.

Pero la verdad es que sí me importaba. Ese día, en vez de sentirme feliz con mi peinado, me parecía que todos me miraban y se reían a mis espaldas.

Busco encima y debajo de la mesa.

—¿Quién movió mi mochila? ¿Dónde está? —vuelvo a preguntar.

Valeria y sus amigas se me quedan mirando. Valeria tiene muchos amigos y mucha ropa. Todos los días estrena algo nuevo. Su amiga Kayla se ríe, y no estoy segura de si se está burlando de mí. Kayla y yo solíamos ser amigas antes de que ella comenzara a andar con Valeria.

—Ninguna de ustedes puede mover mis cosas —digo—. Devuélvanme mi mochila o se lo diré a un maestro.

—Eres una chismosa —responde Valeria.

—Llorona —escucho a alguien decir.

Entonces Valeria se levanta, señala debajo de la mesa y se muda con sus amigas a otra. Miro debajo y veo mi mochila rosada en el piso sucio.

—¡Uf! —digo, sacudiéndola.

Siempre trato de defenderme porque eso fue lo que mis papás me enseñaron, pero no siempre es fácil hacerlo.

Me siento a comer, aunque no tengo hambre. Ni siquiera sé si hice lo correcto. Los demás chicos de mi mesa siguen comiendo, pero no me hablan, y me alegro cuando suena el timbre, sobre todo porque es día de biblioteca.

¡RIN! ¡RIN! ¡RIN!

—¡Hola, Srta. Milligan! —le digo a mi bibliotecaria favorita al entrar en la biblioteca.

Es la hora de la lectura libre. Mi clase va a la biblioteca dos veces a la semana: una para investigar sobre un tema especial y la otra para devolver libros, buscar libros y leer lo que queramos. Adoro a la Srta. Milligan porque me deja sacar más libros de los permitidos cuando tenemos fines de semana largos y vacaciones. También me gusta nuestra biblioteca porque tiene unos sofás gigantes para recostarnos a leer.

—¿Cómo está mi mejor lectora? —pregunta la Srta. Milligan.

—Lista para sacar muchos libros nuevos —respondo—. Ya me leí todos los de la semana pasada. Leo hasta dormida.

—¿De veras? —pregunta la Srta. Milligan—. ¿Cómo es eso? No me digas que puedes leer con los ojos cerrados.

—Bueno, es que siempre leo antes de acostarme —explico—. Y luego sueño con las historias que leí.

—¡Eso es fantástico! —dice la Srta. Milligan, sonriendo—. Aunque será mejor que no leas historias de terror, no te vayan a dar pesadillas.

—No importa —le digo a la Srta. Milligan—. ¡Me gustan todos los libros y no le tengo miedo a nada!

Recorro la biblioteca de arriba a abajo buscando libros nuevos. ¡Es bueno que nuestra escuela esté junto a una secundaria, porque la biblioteca es GIGANTE! Podría sacar diez libros por semana y todavía me faltarían libros por leer al graduarme. Escojo libros para mí, pero también algunos para mis hermanas. Hasta elijo uno sobre Hawái para Lucía, que desde que vio una película que tiene lugar en Hawái se muere de deseos de ir.

Me aseguro de ser la última en sacar los libros para poder hablar con la Srta. Milligan una vez más.

—No le dije toda la verdad —digo.

—¿Toda la verdad sobre qué? —pregunta la bibliotecaria, preocupada.

—Bueno, cuando le dije que no le tenía miedo a nada, no era cierto —respondo—. Ahora que Isa se fue, tengo miedo de no volver a tener una buena amiga en la escuela.

—Oí que se había mudado —dice la Srta. Milligan—. Debe ser muy difícil para ti, Saraí. Sé que eran buenas amigas y debes estar triste, pero también sé que pronto harás nuevos amigos.

—Eso espero —digo.

—Estoy segura —añade—. De hecho, se me acaba de ocurrir una idea...

Estoy a punto de preguntarle a la Srta. Milligan cuál era su idea cuando suena el timbre y tengo que salir corriendo.

CAPÍTULO 3

INTENTÁNDOLO

De regreso a casa en el autobús, le doy a Lucía el libro sobre Hawái. ¡Se pone muy contenta! Cuando llegamos, Tata nos está esperando en el portal, como siempre. Mi abuelo nos cuida hasta que mis papás regresan a casa. Esta tarde Tata está tratando de arreglar lo que parece una caja de plástico negro.

—¡Hola, Tata! —digo.

—¿Qué es eso? —pregunta Lucía.

—Un radiocasete portátil viejo —dice mi abuelo—. Lo compré en una venta de garaje el

fin de semana pasado por ocho dólares. No funciona, pero puedo arreglarlo.

—¿Radiocasete portátil? —pregunto.

—¿Y eso qué es? —pregunta Lucía.

—Es un equipo que reproduce la música de estas cintas de casete —dice Tata, riendo, y nos enseña un montón de pequeños rectángulos plásticos con palabras escritas por un lado.

—¡Este dice "Popurrí bailable"! —digo—. Y este otro "Reina de la Salsa / Rey del Mambo".

—¡Yo soy una reina! —dice Lucía—. Escuchemos ese.

—La reina soy yo. Tú eres la princesa —digo.

—¡No, no lo eres! —protesta mi hermana.

—Bueno, yo soy mayor —añado—. Y así es como funciona.

—¡Chicas! —nos interrumpe Tata—. La reina en esa cinta es Celia Cruz, la cantante cubana. Cuando arregle el radiocasete podemos hacer una fiesta y las dos pueden ser reinas. El rey del mambo es Tito Puente, un percusionista puertorriqueño —añade Tata—. Cuando tocaba los timbales, sus brazos se movían tan rápido que ni se veían.

Tata saca dos destornilladores y comienza a repiquetear suavemente sobre la baranda del portal.

—¡Eres buenísimo! —le digo.

—Pero no tanto como la comida de Mamá Rosi que les traje, así que vamos a calentarla —dice Tata.

Tata siempre nos trae algo hecho por mi abuela para comer después de la escuela. Hoy es arroz con pollo. Me encanta porque tiene cilantro y pimientos rojos.

—Quiero ser músico como Celia y Tito —digo—. Ya bailo con mi grupo, Las Primas Traviesas, pero también quiero cantar, actuar y tocar instrumentos musicales.

—¡Quieres hacer de todo! —se burla Lucía y se echa a reír.

—¿Y por qué no? —pregunto.

—Claro que puedes —dice Tata, sonriendo.

Esa noche, después de la cena, me siento con mi familia a conversar en la sala sobre cómo nos fue durante el día; entonces les cuento lo que pasó en la escuela. Les digo que Valeria, Kayla y sus amigas me escondieron la mochila y hasta me llamaron llorona.

—¿De nuevo? —dice mi mamá—. Lo siento, Saraí. Pensaba que no volvería a suceder.

—¡Eso no está bien! —dice Josie con señas, y se levanta y me abraza.

Josie sabe bien lo que se siente cuando se burlan de uno. Una vez, en el parque, un niño se burló de ella y la hizo llorar. Me molesté tanto que se me puso la cara roja como un tomate y comencé a gritarle. Mi papá y la mamá del niño se acercaron. Cuando les expliqué lo sucedido, la mamá hizo que el niño se disculpara. Nunca olvidaré ese día, y Josie tampoco.

—Cada vez que me peino diferente, se ríen de mí —digo.

—¡No puede ser! —dice Lucía—. Ya verás lo que les haré.

Es gracioso que Lucía, Josie y yo peleamos, pero cuando pasa algo malo siempre nos defendemos.

—No, Lucía —dice mi papá—. Las cosas se resuelven hablando.

—Gracias —le digo a mi hermana, que es menor que yo, y a quien yo debería proteger—. Pero no puedes obligarlas a ser amables conmigo.

—Esas chicas no saben lo que se pierden —dice mi papá.

—Además, ¡recuerden que soy genial! —digo.

—¡Así mismo! —dice mi mamá—. Estoy orgullosa de que sepas defenderte, Saraí, pero quizás yo debería hablar con tu maestra.

—Pero no quiero que la maestra las *obligue* a ser amables conmigo. Quiero que ellas mismas cambien su forma de ser —respondo.

—Entiendo lo que dices —interrumpe mi papá—. Pero quizás podamos ayudarte.

—Déjenme intentarlo sola —les pido—. No quiero que piensen que les tengo miedo.

—Pedir ayuda no quiere decir que tengas miedo —dice mi mamá—. Significa que eres valiente. Esperemos unos días a ver qué pasa.

—Gracias —le digo, aunque me gustaría resolver este asunto por mi cuenta, pero no tengo idea de cómo lograrlo.

CAPÍTULO 4

LA CHICA NUEVA

En cuanto entro al salón de la Sra. Moro noto algo diferente. Han movido los pupitres. Cada cierto tiempo, la Sra. Moro nos cambia de lugar para que trabajemos en equipo con otros estudiantes y para evitar que algunos estudiantes se sienten siempre al fondo del salón. Busco la etiqueta con mi nombre en la primera fila de pupitres. No está. Veo que Valeria y su amiga Kayla están en la primera y la segunda fila, una detrás de la otra. Sigo buscando. Al menos no me sentaron al lado de ellas. Encuentro mi nombre en la última fila. Al

lado hay un nombre que no reconozco: Cristina. Debe ser la estudiante nueva.

Luego, una chica pelirroja con la cara llena de pecas entra y se sienta a mi lado. Tiene el pelo corto y lleva unos *jeans*, un suéter negro y unos aretes plateados que parecen caballitos.

—Hola —le digo—. La mayoría de la gente pronuncia mi nombre en inglés, sin acento: SAR-AI, que rima con "I". Pero mis abuelos lo pronuncian a la manera hispana: SA-RA-Í, que rima con "imí!". ¿Y tú cómo te llamas?

Al principio, la chica nueva solo me mira. Luego, baja la vista como señalando con los ojos la etiqueta en su escritorio.

—Oh, eres Cristina —le digo—, la nueva estudiante.

Me sigue mirando sin decir nada.

—Me gustan tus aretes de caballitos —digo.

—En realidad son unicornios —responde.

—¡Oh, claro! Ahora veo el cuerno —digo—. Los unicornios son geniales, aunque no existen.

—¿Cómo lo sabes? —pregunta bajito.

En ese momento, la Sra. Moro comienza a hablar y Cristina se voltea hacia el frente.

Me quedo mirando su ropa oscura y sus uñas. ¡Están pintadas de azul! Nunca antes había visto uñas azules. Miro sus pies y veo que usa las mismas zapatillas que yo, solo que las de ella son negras y las mías, rosadas.

La clase comienza y no hablamos por el resto de la mañana.

—Saraí y Cristina, pasen por mi escritorio antes de irse —dice la Sra. Moro justo antes de que suene el timbre del almuerzo.

"¿Tendrá otra carta de Isa?", me pregunto.

Cristina y yo nos acercamos.

—Saraí, Cristina es nueva, y pensé que sería genial si pudieras mostrarle la escuela y llevarla a la cafetería —dice la Sra. Moro.

—Me encantaría —le digo a Cristina, y ella asiente—. ¡Vamos!

Salimos andando y Cristina sigue sin decir nada.

—¿De dónde eres? —le pregunto.

—De California —dice—. San Diego.

—¡Siempre he querido ir a California! —contesto—. Adoro el agua. Mi hermana quiere ir a Hawái, pero está muy lejos. ¿Ibas a la playa todos los días en San Diego?

—No —responde Cristina.

—Oh —digo—. Bueno, ¿y por qué te mudaste a Nueva Jersey? ¿Tienes muchos hermanos? Yo tengo dos hermanas, Lucía y Josie. Y nací aquí, pero mis padres no.

Espero que Cristina diga algo.

—Nos mudamos para cuidar a mi abuela —dice Cristina—. Mi mamá, Loba y yo.

—¿Tienes una loba? —pregunto.

Cristina sonríe por primera vez.

—Es mi perra, Saraí —dice bajito.

Tengo que hacer un esfuerzo para entenderla.

—Es genial. Deja que la conozcas.

No estoy segura de querer conocer a una perra llamada Loba, pero no digo nada. Entramos a la cafetería y busco dónde sentarnos. Camino rumbo a mi mesa de siempre, pero me detengo. Cristina me mira. Tiene los ojos azules y las pestañas de color rojizo. Decido contarle lo que está pasando a pesar de que nos acabamos de conocer.

—Esta era mi mesa favorita, pero hay unas chicas antipáticas que ahora se sientan aquí y se burlan de mí —le digo, dudosa.

—Busquemos otra mesa entonces —sugiere Cristina, y señala una en la esquina.

—Está bien —le digo, y dejamos nuestras mochilas.

—¿Tienes tarjeta de la cafetería? —pregunto.

Cristina asiente y caminamos hacia la fila donde ya Lucía está esperando.

—¡Ya era hora! —dice mi hermana—. ¡Me muero de hambre!

—Cristina, te presento a Lucía —digo—. Está en primer grado.

—¡Hola, Cristina! —dice Lucía—. ¡Me gustan tus pecas! ¿Te las has contado? ¿Les has puesto nombres?

—No —dice Cristina, y sonríe por segunda vez.

Yo también sonrío.

Durante el almuerzo, le cuento a Cristina sobre Dulces de Saraí, mi negocio, y sobre Las Primas Traviesas, mi grupo de baile. También le cuento que me gusta cantar, bailar y actuar. Cristina me escucha.

—Y a ti, ¿qué te gusta hacer? —le pregunto, finalmente.

—Escribir —responde.

¿Escribir? Eso no suena muy emocionante, pero decido averiguar un poco más.

—¿Y sobre qué escribes? —pregunto—. ¿Publicas en alguna parte?

Cristina saca un cuaderno negro de su mochila, que, en grandes letras plateadas, dice:

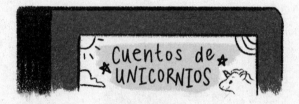

—Genial —digo... en serio.

Terminamos de almorzar y la invito a salir al patio y montar conmigo en los columpios.

—No, gracias —responde Cristina—. Debo trabajar en una historia.

Agarra su cuaderno y comienza a escribir. Todavía no puedo creer que prefiera sentarse a escribir en vez de jugar.

—Está bien —digo—. Nos vemos en la clase. Sabes cómo llegar al salón, ¿verdad?

Cristina asiente sin levantar la vista.

CAPÍTULO 5

EL GRAN ANUNCIO

—Chicos, les tengo que anunciar algo importante —dice la Sra. Moro en cuanto entramos al salón.

La maestra se detiene y sonríe, sabiendo que estamos impacientes por escuchar lo que nos tiene que decir.

—¡Este año tendremos un concurso de talentos en la Escuela Primaria MLK Jr.!

—¡Hurra! —gritamos todos y aplaudimos.

¡Un concurso de talentos suena divertido! Mientras la Sra. Moro explica los detalles, se me ocurren ideas para participar y me pregunto si Lucía y yo podríamos actuar juntas.

—Tendremos dos concursos —continúa la Sra. Moro—. Uno para estudiantes de primero a tercer grado y otro para estudiantes de cuarto a sexto.

Supongo que eso descarta la posibilidad de actuar con Lucía. Kayla levanta la mano.

—¿Habrá audiciones? —pregunta.

Si las hay, no parece muy preocupada. Sé que baila, como yo, pero lo de ella es ballet clásico y lo mío, danza moderna. De pequeñas tomamos clases de ballet juntas, pero a mí no me gustaba el ballet. Había muchas reglas sobre cómo poner los brazos, las piernas, el cuello, los hombros y la barbilla. A mí me gusta saltar y expresarme libremente, así que mi mamá me inscribió en danza moderna y *hip-hop*. Creo que Valeria y Kayla van a la misma academia de ballet.

—No —responde la Sra. Moro—. Esta es una oportunidad para todos los que quieran mostrar su talento. ¿Quiénes están interesados?

Kayla y Valeria levantan la mano. También lo hacen un niño llamado Auggie y otros más. Yo también levanto la mano.

—Bueno —dice la Sra. Moro—, piénsenlo y avísenme para inscribirlos la próxima semana.

El resto del día pasa volando y cuando suena el timbre estoy contenta. Me despido de Cristina y ella me dice adiós. Mientras camino a la parada pienso que logré que no me escondieran la mochila y quizás hasta tenga una nueva amiga. ¡Ahora tengo que prepararme para el concurso de talentos! Veo a Lucía en la parada y estoy a punto de acercarme a ella cuando escucho que me llaman.

—¡Saraí! —dice una voz que reconozco antes de voltearme. Es Valeria.

—¿Qué? —pregunto, poniendo las manos en las caderas.

Kayla está detrás de ella.

—¿Vas a tratar de actuar en el concurso de talentos?

—No voy a *tratar* —digo—. Voy a actuar.

—¿Y cuál es tu talento? —pregunta Kayla.

—Soy bailarina, actriz y cantante —digo.

—¿Bailas? —pregunta Valeria en tono burlón—. No pareces una bailarina.

—¿Y cómo se ve una bailarina? —digo, y siento que la cara se me pone roja de furia.

En ese momento, Lucía se acerca y le da un empujoncito a Valeria.

—Lo siento. Fue sin querer —dice, pero yo sé que lo ha hecho a propósito—. Vamos, Saraí.

Les doy la espalda para subir al autobús, pero de pronto me volteo.

—¿Saben lo que hay que hacer para ser una bailarina? —digo bien alto.

Las chicas se me quedan mirando. Valeria está a punto de decir algo, pero no la dejo. Subo al escalón más alto del autobús y desde allí les hablo.

—¡Bailar! —grito, y chasqueo los dedos antes de que las puertas se cierren.

Cuando Lucía y yo llegamos a casa, Tata nos está esperando y le pregunto si puedo escribir una carta.

—Claro que puedes, Saraí —dice—. Si la echamos en el buzón de la bodega, ¡saldrá hoy mismo!

—¡Sí! —dice Lucía, entusiasmada—. ¿Podemos comprar paletas?

A las dos nos encantan las paletas del Sr. Martínez. Vende sabores deliciosos: coco, nuez, mango... Mi favoritas son las de chicle: son azul brillante y saben a goma de mascar. Hasta tienen pequeñas bolitas de chicle dentro. Lucía prefiere las de nuez y Tata pide un sabor diferente cada vez que vamos.

—Gracias, Tata —le digo, y voy directo a mi cuarto para escribirle una carta a Isa. A veces todo lo que necesitas es hablar con tu mejor amiga.

Querida Isa:

Me alegro de que me hayas escrito. ¡Estaba desesperada porque regresaras a la escuela! Todavía no puedo creer que te hayas tenido que mudar. Ojalá no te hubieras ido, pero seguiremos siendo "amigas por correspondencia". Espero que te guste Washington, D.C. Voy a preguntar a ver si podemos ir a visitarte en el verano. También me gustaría ver los monumentos y la Casa Blanca, porque quizás algún día sea presidenta. Uno nunca sabe.

Me pides que te cuente las novedades, y han pasado muchas cosas. Desde que te fuiste, Valeria y Kayla han estado más antipáticas que de costumbre. Hoy les grité y les chasqueé los dedos, y estoy segura de que si mis papás se enteran no les va a gustar. Pero a veces hay que chasquear los dedos para demostrar que no tienes miedo, ¿verdad?

Ahora te daré dos buenas noticias: 1. ¡Va a haber un concurso de talentos en la escuela! 2. Hay una chica nueva en la clase que se llama Cristina. Le gustan los unicornios y habla tan bajito que tengo que acercarme para entender lo que dice, pero hasta ahora me cae muy bien.

Cuéntame de ti. ¿Tienes nuevos amigos?

Con mucho amor y genialidad,
Sarai, tu amiga para siempre

Termino la carta, le dibujo corazones y flores
y se la llevo a Tata para que le pegue un sello.
Lucía está bailando en la sala, como siempre.

—¡Hora de comer paletas! —exclama.

CAPÍTULO 6

PALETAS Y PREPARATIVOS

—¡Hola, Sr. Martínez! —decimos al llegar a la bodega "Martínez e Hijos".

Echo la carta de Isa en el buzón azul de la oficina de correos que está afuera. Según Tata, la última recogida es a las cinco en punto, ¡así que la carta saldrá hoy!

—¡Hola! ¡Hola! —responde el Sr. Martínez con su gran sonrisa de siempre.

—Se me ha ocurrido una idea —dice Lucía—.

¡Compremos paletas para los jotas! Tengo ganas de ver a Mamá Rosi.

—¡Yo también! —digo—. Pero tendremos que caminar rápido para que no se derritan.

Tata está de acuerdo, así que compramos una bolsa de paletas de todos los colores y caminamos hacia la casa de mis abuelos, mis tíos y mis primos lo más rápido posible. Aunque Tata tiene llave, Lucía y yo tocamos el timbre.

—¡Sorpresa! —decimos cuando Mamá Rosi abre la puerta. Javier y Jade están detrás de ella.

Lucía y yo le damos un gran abrazo a Mamá Rosi.

—¡Adelante, niñas! Estoy feliz de verlas —dice mi abuela.

En ese momento, los gemelos ven las paletas y comienzan a gritar.

—¡Yupi! —dice Javier—. ¡Quiero una de fresa!

—¡Yo de piña! —dice Jade.

Les doy las paletas y, cuando Juju baja las escaleras, chocamos los cinco y le doy una paleta de coco, porque sé que es su sabor favorito.

—¡Gracias! —dice mi prima—. Ya que están aquí, ¿podemos tener una reunión del club de los primos súper geniales?

—Claro. ¿Por qué no? —digo.

—¡Pero falta Josie! —dice Lucía.

A veces a Lucía la entristece que Josie se

pierda tantas cosas porque su escuela está tan lejos, pero sé que Josie y mi papá se divierten cantando y escuchando música mientras viajan de un lado a otro.

—Llamaré a papá para que traiga a Josie —digo—. Así por lo menos podrá estar al final de la reunión. También le guardaré una paleta.

—Perfecto —responde Lucía.

Mientras llamo a mi papá y guardo una paleta de fresa en el congelador, Mamá Rosi le pide a los gemelos que vayan al patio.

—¡Las paletas están goteando y ensuciando! —protesta Mamá Rosi—. ¡Cómanselas afuera!

Todos vamos al patio y nos sentamos en la larga mesa roja de pícnic.

—¡Doy comienzo a esta reunión! —digo.

—¡Y yo! —repite Lucía—. ¡Y si Josie estuviera aquí, también!

Josie, Lucía y yo somos copresidentas del club. Fue la única forma en que mis hermanas aceptaron unirse porque, según ellas, me paso todo el tiempo regañándolas.

—Este es el orden del día —dice Juju—. Se supone que este fin de semana va a estar muy soleado.

—Me gusta el sol —dice Jade.

—A mí también —dice Javier.

Los gemelos se ven tan simpáticos. Tienen seis años y mucha energía. Dudo que puedan estar tranquilos durante la reunión.

—Por eso pensé que tal vez podríamos hacer un pícnic en el parque al salir de la iglesia —continúa Juju—, y planear algo divertido.

—¿Como jugar *kickball*? —pregunta Lucía—. ¿O a policías y ladrones?

—Algo más divertido todavía —responde Juju.

—No hay nada más divertido que jugar a

policías y ladrones —dice Lucía—. Me encanta atrapar a la gente.

Y siempre lo logra. Jugar a los ladrones con Lucía puede ser un poco peligroso, porque derriba a todo el mundo. Mis papás dicen que Lucía no conoce su propia fuerza, pero creo que es todo lo contrario.

—¿Por qué no pensamos en algo más creativo? —propone Juju.

—¿Como pintar? —dice Jade.

—¡Ya sé! —digo, apuntando al cielo—. Juguemos al *pintarcoíris*...

Todos me miran.

—Podemos ponernos camisetas blancas y pintarnos con acuarelas. Nos dividiremos en policías y ladrones. ¡El primero que tenga la camiseta pintada de los colores de arcoíris, gana! —explico.

—¡Genial! —exclama Lucía.

—Me gusta esa idea —dice Javier.

—¿Entonces, cuando te pintan, sales del juego? —pregunta Jade—. Esa no es una buena recompensa para el ganador.

—Tal vez no —propone Juju—. Más bien sería el perdedor. En ese caso, podríamos ponerle un castigo antes de volver a entrar al juego.

—¿Como dar saltos de tijera? —dice Javier.

—¡Eso estaría bien! —digo—. Si te pintan tienes que dar cinco saltos de tijera.

Acordamos las reglas y hablamos de recaudar dinero con el puesto de chicha morada para comprar las camisetas. Muy pronto tenemos un plan.

—¡Soy la copresidenta y digo que es hora de votar! —dice Lucía—. ¿Están de acuerdo?

Todos levantamos la mano.

—¡Aprobado por unanimidad! —digo—. ¡Este domingo por la tarde será el primer juego anual de *pintarcoíris*!

CAPÍTULO 7

PINTARCOÍRIS

Al día siguiente, Cristina y yo nos volvemos a sentar juntas en el almuerzo, y así puedo saber un poco más de ella. Le hago muchas preguntas y sus respuestas son más largas. Creo que no es tímida, sino que le gusta estar callada. Descubro que sus colores favoritos son el negro y el verde, y le digo que los míos son el rosado y el lavanda. Y no adora solo los unicornios, también le gustan los dragones.

—¿Hay dragones en tu libro? —le pregunto.

—En este no, pero en el próximo sí —responde.

—¿De verdad crees que los unicornios existen? —digo.

—Bueno, en el arte han sido representados durante siglos. No siempre parecen caballos, sino cabras o antílopes —explica Cristina—. He investigado en la biblioteca.

—¡Ay, la biblioteca! —exclamo—. Ahora recuerdo que no has conocido a la Srta. Milligan. La verás el viernes pero, en vez de salir al patio, ¿por qué no pasamos ahora a saludarla?

—Claro —dice Cristina.

—¡Srta. Milligan! —digo al entrar en la biblioteca.

Como no hay estudiantes leyendo a esta hora, puedo hablar alto.

—Hola, Saraí —responde la bibliotecaria desde su escritorio.

—¿De qué es su sándwich? —le pregunto al ver que está almorzando.

—De mantequilla de maní y plátano —dice la Srta. Milligan.

—No sabía que le gustaran ese tipo de sándwiches —digo—. Pensé que los profesores solo comían cosas aburridas.

—¡De eso nada! También estoy tomando chocolate con canela. Mi propia receta especial.

—¡Hmm! A mí también me gustan las bebidas dulces. Tenemos tantas cosas en común —digo.

—¿Por qué no me presentas a tu nueva amiga? —pregunta la Srta. Milligan.

¡Oh! Cristina es tan callada que casi olvido que existe.

—¡Se llama Cristina! Es nueva, vivía en San Diego y le gustan los unicornios y los dragones.

—Hola, Cristina —dice la Srta. Milligan, sonriendo—. ¡Bienvenida a Martin Luther King Jr.! Te veré el viernes y buscaremos algunos libros que disfrutarás. Tenemos muchas novelas de fantasía para lectores de tu edad.

Cristina asiente y recorre la biblioteca con los ojos. Caminamos y le enseño mi rincón favorito. Luego suena el timbre y nos vamos a la clase.

El jueves y el viernes vuelvo a sentarme a almorzar con Cristina. A ella le gusta escuchar. Le cuento sobre mi dilema con el concurso de talentos.

—No sé si cantar o bailar o hacer algo diferente, como actuar. Y si actúo, ¿qué voy a representar?

—Si quieres actuar, puedo ayudarte a escribir algo —dice Cristina.

—¿En serio? —pregunto, sorprendida—. ¿Como una obra de teatro? ¿Y actuamos las dos?

—No, pero podría escribir una historia o un poema, y así tú podrías actuar o recitar.

—¡Eso sería genial! Pero el concurso es en dos semanas. ¿Habrá tiempo?

—Podríamos trabajar durante el almuerzo —dice—. Y en el recreo.

Me gusta correr durante el recreo, ¡pero me ilusiona trabajar con alguien en un proyecto!

—¡Está bien! —digo—. El domingo por la

tarde jugaré con mi familia al *pintarcoíris* en el parque Roberto Clemente. ¿Quieres venir? Podríamos hablar y jugar —añado.

—¿*Pintarcoíris*? —dice Cristina, confundida.

Le explico de qué trata el juego.

—La verdad es que no me gusta correr.

—Oh —digo—. Pero el parque es genial. Tiene aparatos increíbles y un césped inmenso. Se llama como el famoso jugador de béisbol puertorriqueño.

Cristina no parece muy entusiasmada.

—¿No te gustan los deportes? —pregunto.

—La verdad es que no —dice Cristina.

—¿Y bailar?

—Tampoco.

—Entonces, ¿qué tipo de ejercicio haces? —pregunto.

—Paseo a mi perro por la mañana y por la tarde —dice Cristina.

—Oh —digo—, algunas personas llevan a sus perros al parque.

No digo nada más. Jamás había conocido a alguien a quien le gustara escribir en el recreo o que no quisiera ir al parque. Pienso en Isa, en cómo nos gustaban las mismas cosas y, de pronto, la extraño.

El domingo en la iglesia, Josie, Lucía y yo estamos inquietas, deseosas de jugar al *pintarcoíris*. Juju compró las camisetas y las acuarelas en la tienda y yo puse cubos plásticos y discos voladores en la parte de atrás del rectángulo, que es como le decimos a nuestra furgoneta. Mis papás prepararon un almuerzo y en cuanto termina la misa nos vamos al parque. Cuando llegamos, mis familiares y Calvin, un amigo de Javier, están allí. Juju se me acerca corriendo.

—¡Ya todo está listo! —me dice—. Solo tenemos que marcar las bases.

—Podemos usar los discos voladores como bases —sugiero.

Los ponemos alrededor del terreno. Juju y los gemelos han asignado cinco áreas de "pintura".

—No tenemos música, Josie, porque Tata aún no ha arreglado el radiocasete portátil —explica Jade.

—No importa —dice Josie con una seña.

—Bueno, chicos —digo—. Es hora de comenzar. Póngase las camisetas.

Las camisetas nos llegan hasta las rodillas.

—Las grandes eran más baratas —explica Juju.

—¡Mejor! —dice mi tía Sofía riendo—. Así se les mancha menos la ropa.

—¡Parecen fantasmas! —dice Tata.

—No por mucho tiempo —digo—. No te preocupes, tía Sofía. Esta pintura se cae fácilmente. Lo sé por experiencia propia.

Mi papá se ofrece para ser el policía.

—¡Estoy listo para perseguir fantasmas! —dice—. ¡Soy el más rápido del mundo!

—¡No es cierto! —responde Lucía—. ¡Yo soy la más rápida!

—Josie, tú dices cuando comenzar —digo.

Caminamos hacia el centro del terreno.

—¡A la una, a las dos y a las tres! —dice Josie.

Todos echamos a correr. Mi papá nos persigue y corremos, y nos atrapa, y damos los cinco saltos de tijera y volvemos a correr, metemos las manos en los cubos de pintura y muy pronto estamos pintados con los colores del arcoíris. Terminamos olvidando las reglas del juego y persiguiéndonos unos a otros para pintarnos, incluyendo a mi papá, ¡que ni siquiera lleva camiseta! ¡Todos reímos, nadie gana y las camisetas se ven fabulosas! Entonces mi mamá se acerca a tomarnos una foto.

—Bueno chicos, agrúpense —nos dice.

Se nos ocurre hacer una pirámide. En la base

nos ponemos Juju, Josie, Calvin y yo; arriba de nosotros, los gemelos y, en lo último, Lucía. Mi mamá logra tomar la foto antes de que la pirámide se derrumbe.

Cuando estamos almorzando veo a dos personas que se acercan. ¡Una es Cristina! Y la mujer pelirroja debe ser su mamá. Vienen con una perra. Es pequeña y negra y parece de peluche. Corro hacia Cristina.

—¿Loba? —le pregunto a Cristina.

—Sí —dice Cristina—. Y ella es mi mamá.

—Hola, Sra. McKay —digo.

—Puedes llamarme Kathy —dice y sonríe.

Me doy cuenta de que tiene tantas pecas como mi nueva amiga.

—Cristina me ha hablado tanto de ti que quisimos pasar a saludar.

—Vengan a conocer a mi familia —les digo.

Mi papás se ponen a conversar con la Sra. McKay, y mis hermanas y primos están locos por jugar con Loba. Hago las presentaciones.

—Ellos son mis primos, Juju, Javier y Jade, y este es el Calvin, el amigo de Javier. Ella es mi

hermana Lucía, a quien ya conoces, y mi hermana Josie, a quien no conoces y, por último, aquí están mi tío Miguel, mi tía Sofía y mis abuelos Tata y Mamá Rosi. —Tomo aire y continúo—. ¡Familia! Ella es mi nueva amiga Cristina, de San Diego. Es genial —digo muy en serio.

CAPÍTULO 8

EL GRAN CONCURSO

Cristina y yo trabajamos en nuestro proyecto todos los días durante el almuerzo y en mi casa el fin de semana antes del concurso de talentos. Aprendo un poco más sobre el mundo de unicornios y dragones de Cristina, y la pasamos bien juntas. Solo le hemos dicho a la Sra. Moro lo que estamos preparando para el concurso.

Finalmente llega el gran día y siento saltos de tijera en el estómago. ¡El concurso es temprano en la mañana!

—Buena suerte, cariño, lo harás muy bien —me dice mi mamá antes de irse al trabajo.

—Siento no poder ir —dice mi papá.

Mis papás me abrazan muy fuerte, y luego Lucía y yo salimos caminando a la parada del autobús.

Miro al público por detrás del escenario.

—¡Atrás! —dice Valeria, bajito—. ¡Todavía no es tu turno!

—Bueno, el tuyo *tampoco* —le respondo.

Estamos esperando detrás del escenario mientras Auggie termina su número musical. El público aplaude fuerte y pienso que se lo merece. Lo ha hecho sensacional. He ido a la escuela con Auggie toda la vida, ¡y no tenía idea de que tocara tan bien la batería! El chico hace una reverencia y sale del escenario. Nos pasa por al lado a Valeria, a Kayla y a mí, que somos las últimas del programa.

—¡Bien hecho! —le digo.

—Gracias —responde Auggie, sonriendo.

—Kayla y yo somos las próximas —me dice Valeria—. Así que mira y aprende.

Kayla se ríe, pero la noto nerviosa y la comprendo. ¿Y dónde estará Cristina? Se supone que esté detrás del escenario. La busco y, efectivamente, está sentada en una esquina... *escribiendo.*

—¡Cristina! ¿Cómo puedes escribir en un momento así? —le digo—. Estoy nerviosa.

Cristina cierra el cuaderno y sonríe.

—¿Por qué? —pregunta—. Lo harás muy bien.

—¡Rápido! Ensayemos. ¿Y si se me olvida alguna parte?

—No necesitas ensayar más, Saraí —dice Cristina—. Te lo sabes perfectamente.

—Está bien —digo.

—El próximo número se titula "Ballet de las mariposas" y será interpretado por Valeria Ruiz y Kayla Green —escucho decir a la Sra. Moro.

Miro al escenario. Debo admitir que Kayla y Valeria se ven estupendas. Llevan alas brillantes y leotardos a juego. Comienzan a bailar una coreografía impecable. De pronto, Kayla olvida algunos pasos y siento un escalofrío. A Valeria no le gustará eso. Aun así, lo hacen bien y reciben muchos aplausos. Al salir del escenario, Kayla parece aliviada, pero Valeria se ve enojada. Ahora no tengo tiempo de pensar en eso, ¡es mi turno! La Sra. Moro se acerca al micrófono. Descubro a mi hermana Lucía en el público. Mi papá le prestó su teléfono y está lista para grabarme.

—El siguiente número se titula "Séptima el unicornio y Diego el dragón", escrito por Cristina McKay e interpretado por Saraí González —anuncia la Sra. Moro.

Esa es la señal. Camino hasta el centro del escenario y respiro profundo. He practicado mucho la entonación y es hora de dar vida al texto de Cristina.

Había una vez, en una cueva sobre una colina,
un unicornio mágico llamado Séptima Neblina.
Séptima hacía cabriolas deslizándose por la ladera,
y, sobre su lomo, a los niños paseaba por la pradera.
Aunque en la aldea el unicornio era muy amado
por su hermosa cola y su cuerno encantado,
no todo en el pueblo era alegría,
y Séptima sabía que a algo temían.
Los niños le tenían miedo a Diego el dragón,
por su aliento de fuego y sus ojos negros como el carbón.
Diego enseñaba los dientes, chillaba y gritaba
hasta que los niños asustados se arrodillaban.
Un día, Séptima lo siguió hasta su hogar
y vio que por la noche se echaba a llorar.
"Serás un dragón, feroz y fuerte,
pero necesitas un amigo que pueda quererte".
Séptima lo aconsejó: "Habla. No des alaridos.
Y en lugar de agredir, comparte lo sufrido".
"Es el fuego", dijo Diego, "que abrasa mi garganta.
El calor me atormenta y me atraganta".
"Le pediré al cielo que alivie tu fuego",
prometió Séptima al dragón Diego.
Y usando la magia que era su gran poder,
el unicornio Séptima hizo al cielo llover.
Las aguas curativas su dolor aliviaron
y Diego y Séptima jugaron y bailaron,
divirtiéndose entre las espigas de los dientes de león
hasta que la noche su manto negro echó.
Diego el dragón aprendió a ser amable y a jugar
inspirado por un unicornio de mente estelar.
Y, por supuesto, que esta historia encantada
¡con Séptima y Diego de mejores amigos acaba!

Termino la actuación haciendo un giro y una reverencia. Por un segundo, se hace un enorme silencio, y de pronto TODOS comienzan a aplaudir. Escucho los gritos de Lucía, pero ella no es la única. Miro al costado del escenario y Cristina sonríe y me hace una seña con el pulgar. La llamo con la mano para que salga y me dice que no con la cabeza, pero me acerco y la arrastro al escenario para hacer juntas una reverencia. Luego regresamos a nuestros asientos con el resto del público.

Al final del concurso, mi maestra sube al escenario para anunciar a los ganadores. Le aprieto la mano a Cristina. La Sra. Moro se inclina hacia el micrófono.

—El tercer lugar es para... ¡Valeria Ruiz y Kayla Green!

Se me escapa un suspiro. Veo a Valeria y a Kayla subir al escenario a recibir su certificado. Valeria ni siquiera sonríe, pero Kayla lo hace por las dos y le da las gracias a la Sra. Moro.

—A continuación —continúa la Sra. Moro—, me complace anunciar que el segundo lugar es para... ¡Saraí González y Cristina McKay!

—¡Hurra! —digo, y tomo a Cristina de la mano para subir al escenario.

Puedo escuchar a Lucía gritar y aplaudir, y me siento como si flotara en una nube. Luego escucho a la Sra. Moro anunciando entre aplausos y gritos que Auggie Washington es el ganador. Estoy feliz de que Cristina y yo hayamos ganado el segundo lugar. Pero Valeria y Kayla parecen molestas.

Más tarde, en la cafetería, Cristina y yo dejamos las mochilas en nuestra nueva mesa de la esquina. Cuando regresamos, mi mochila ha desaparecido y Valeria, Kayla y el resto de sus amigas están sentadas a la mesa.

—¿Dónde está mi mochila? —le pregunto a Valeria.

—¿De verdad quieres saber? —dice, y se vuelve hacia Cristina—. Cristina, te guardamos un asiento. Deberías sentarte con nosotras.

—Nos encantó tu poema —dice Kayla.

—Sí, muy bonito —asiente Valeria—. Aunque nosotras deberíamos haber ganado el concurso. De todos modos, quédate un rato con nosotras.

Miro a Cristina, que no dice nada, y justo cuando creo que se sentará a la mesa con ellas, niega con la cabeza.

—No, gracias —responde—. Ahora, dinos dónde está la mochila de Saraí y muévanse. Esta es *nuestra* mesa.

—Ni lo sueñes —responde Valeria.

Cristina me toma de la mano y me aleja.

—Vamos a decirle a la maestra —dice, mirándome fijamente.

—Nos llamarán chismosas —digo.

—¡No vamos a chismear, vamos a dar un pitazo! —dice Cristina, guiñando un ojo.

—¿Cómo un árbitro cuando alguien comete una falta?

—Exactamente —responde Cristina.

—Ya veo, ¡estamos denunciando una falta! —digo, y vamos a buscar a la Sra. Moro.

La maestra regaña a Valeria y a sus amigas, y ellas nos dicen dónde está la mochila. Le cuento a la maestra sobre las otras veces que esto ha sucedido, y la Sra. Moro les prohíbe mover las pertenencias de los demás sin permiso y pone a Valeria y a Kayla de penitencia durante el recreo. No me volverán a esconder la mochila. Antes de salir al patio con Cristina, Kayla me detiene.

—Saraí —me llama—, discúlpame por lo de la mochila. Y quería felicitarte porque tu actuación fue increíble.

—Gracias —digo—. La de ustedes también.

Cristina y yo salimos al recreo. Mi nueva amiga se sienta en un banco y abre su cuaderno, y yo corro a colgarme de las barras, no sin antes darnos un gran abrazo. Hoy ha sido un buen día.

CAPÍTULO 9

AMIGAS PARA SIEMPRE

El sábado llega el correo y resulta que recibo una carta de Isa. ¡Qué emoción!

Querida Sarai:

¡Qué alegría recibir tu carta! Te extraño tanto. Lamento que Valeria y sus amigas sean tan groseras. ¡Están celosas porque eres Sarai, eres genial y no le tienes miedo a nada!

¿Cómo quedó el concurso de talentos? ¿Cantaste o bailaste? ¿Cómo está la Sra. Moro? La extraño, aunque mi nueva maestra, la Sra. Smith, es buena y simpática.

Me alegra que la nueva chica sea buena gente. Los unicornios son lindos. Tengo un par de amigos nuevos en la escuela, y nuestros vecinos tienen muchos niños con quienes puedo jugar. Uno de ellos está en mi salón, y es muy simpático. Le gusta el fútbol, así que juego mucho en el recreo. La mayoría de mis amigos aquí son chicos, pero ¿y qué?

Aunque no puedas venir a D.C., te veré dentro de poco, porque mis padres dicen que iremos pronto de visita.

Cariños de tu súper mejor amiga por correspondencia,

Isa López, ¡futura campeona de fútbol!

P.D. ¡Escríbeme pronto!

Querida Isa:

¡Guau, Isa López, campeona de fútbol! Qué divertido es hacer cosas nuevas, ¿verdad? En el concurso de talentos no canté ni bailé: recité un poema. Fue increíble, y mi amiga Cristina y yo ganamos el segundo lugar. Ella escribió un poema sobre un unicornio y un dragón, y yo lo recité.

Cuando vengas, quiero que la conozcas. No le gusta correr, bailar ni cantar, pero hace otras cosas interesantes y he descubierto que los amigos pueden ser diferentes. Creo que a ti también te caerá bien. Me parece genial que tus amigos sean chicos. Lo importante es que tengas con quien compartir.

Es gracioso que pienses que no le tengo miedo a nada. La verdad es que sí tengo miedo. Le temo a las arañas y a no poder ser yo misma, y cuando te fuiste tenía miedo de no poder hacer nuevos amigos. ¿Pero adivina qué? Ya sé que hacer nuevas amistades no es difícil. Ni ahora, ni nunca. Y tener viejos amigos también es genial.

Cariños de tu súper mejor
amiga por correspondencia,
Saraí González
actriz, cantante, bailarina y repostera
P.D. ¡Escríbeme PRONTO!

AMIGAS